여름비의 서체

여름비의 서체

필리핀 여행 사진 소설

김씨씨

B'
ONDA

서체 이름은 펠릭스 타이틀링
17

오모강 부족의 언어
24

광대버섯이 킥
29

크리스마스 잔혹동화
38

요괴 시바 야마
42

수상한 필리핀 기숙사
50

텍스트가 비처럼 내리면
58

십 미터라는 거리
64

아이스 아메리카노의 온도
68

사탕수수밭을 걸을 때
78

단지 거기에 있었다는 이유로
80

시제가 바뀔 때
90

고백
104

여름의 시작은 비
117

서체 이름은 펠릭스 타이틀링

팔십 퍼센트가 넘는 국민이 가톨릭 신자인 필리핀^{Philippines}은 성인들의 축일과 축제로 휴일이 유난히 많았다. 마침 축일과 연이은 공휴일에 주말까지 더해져 7일간의 긴 휴가가 생겼다. 저마다의 휴가 계획으로 작은 어학원이 들썩였다.

"온니, 온니, 엘하고 바콜로드^{Bacolod}에 가면 맘부칼^{Mambukal} 온천에 꼭 가 봐."

레라는 휘를 이름 대신 온니, 온니, 라고 불렀다. 한국 학생들이 언니, 언니, 부르는 것을 따라 하는 것이다. 황금연휴가 다가오자 레라는 현지인만 안다는 필리핀의 숨은 여행 명소들을 휘에게 추천했고 보라카이^{Boracay}와 접전을 벌이던 바콜로드가 휘와 엘의 여행지로 최종 낙점됐다.

떠나기 전날, 휘와 엘은 휴가 동안 같이 읽을 책을 고르기 위해 일로일로^{Iloilo} 다운타운으로 향했다. 지프니에 올라탄 휘는 빈자리에 앉자마자 창틀에 한쪽 팔을 괴고 먼 들판을 바라봤다. 엘이 휘의 옆 좌석에 자리를 잡고 낡은 지프니가 쌩 출발하자, 본래는 짐칸으로 사용됐을 출입구와 유리 없는 창문으로 흙먼지 구름과 시원한 바람이 동시에 들어왔다. 좁은 내부에 여섯 명쯤 앉을 수 있는 기다란 좌석이 양쪽 창가로 놓인 탓에 서로의 얼굴을 뻘쭘하게 마주한 채 목적지까지 가야 하는 승객들은 앞사람과 무릎이 부딪히지 않으려고 조심했다. 비포장도로를 달리던 지프니가 덜컹거려 휘가 중심을 잃으면 그녀의 등 뒤쪽 창틀로 팔을 길게 뻗고 있던 엘이 안전벨트를 대신해 휘의 어깨를 꽉 잡아 고정해 주었다.

십여 분을 달려 도착한 에스엠몰$^{SM\ Mall}$ 입구에는 여느 때처럼 총을 허리에 찬 보안 요원들이 소지품 검사를 하기 위해 서 있었다. 가드에게 가방을 열어 보여 주고 안으로 들어간 눌은 곧바로 중고 서점이 있는 지하층으로 향했다.

"오래된 책방에는 숲 기운이 있는 거 같아."

엘이 서점 문을 열며 말했다.

"응, 비 오기 직전의 공기처럼 흙냄새가 나. 낡은 종이들이 피톤치드라도 뿜어내나."

책방 냄새를 한껏 들이마시며 스위스답거나 독일적이거나 영국스러운 영문 서체로 장식된 표지의 책들을 둘러보던 휘는, 제목으로 흰 커버 전체를 채우다시피한 책을 발견하고 피식 웃음을 흘렸다. 외국 도서의 무심하다 못해 무성의한 표지를 칭찬하던 디자이너가 생각난 것이다. 글꼴만으로 표지를 구성해, 텅 빈 배경과 제목의 대비를 극적으로 표현하길 좋아하던 그는, 여백은 아파트를 지을 수 있는 금싸라기 땅을 방치하는 것과 마찬가지인 비경제적 공간이므로 이미지든 뭐든 꽉꽉 채워야 한다는 본부장과 표지 결정 과정에서 번번이 충돌했다. 그렇게 빈 공간의 보존과 개발이 그린벨트 쟁점처럼 대립할 때, 휘의 한 표는 특히 중요했고, 타이포그래피 관련 도서가 서가의 절반을 차지할 만큼 서체에 각별한 애정을 가진 그녀는 디자이너의 손을 자주 들어 주었다.

본부장의 뒷담화를 하면서 패배한 기분이 들었던 기억도 새삼 떠올랐다. 본부장이 강남과 세종 알짜배기 땅의 건물주라는 정보를 접한 날이었다. 두 사람은, 삶은 고구마야, 무슨 소리, 삶은 계란이지, 하며 온갖 구황작물과 식자재를 곁들인 삶에 대한 실없는 농담을 안주로 주고받으며 일렁이는 부러움을 맥주 거품에 삭였다. 그날 회식은 콩가루와 흑임자 가루로 감자에 묻은 흙 모습까지 감쪽같이 재현한다는 감자빵 레시피, 그리고 아카시아가 흉년에 먹던 구황식물이라는 별반 쓸데없는 지식을 얻는 것으로 파했지만, 며칠 후에 휘가 기획한 그림책 《구황식물과 잡초 음식》이 출간으로 결정 나면서 그녀는 넉 달을 퇴짜 맞아 왔던 신간의 기근에서 벗어날 수 있었다.

출판사를 그만둔 지 3년이 지났지만, 그 시절 몇몇 장면들은 필요 이상으로 또렷했고, 영문 도서 제목을 서체 이름으로 읽는 휘의 딱히 쓸데없는 습관도 그대로였다. 엘은 굵거나 얇거나 직선이거나 곡선, 자신의 눈에는 그게 그거 같은 수많은 영문 폰트들의 이름을 기억하는 휘가 신기했다. 길 산스, 존스턴, 버다나, 보도니, 하며 지금처럼 서체 이름을 부르는 그녀의 목소리가 주변을 떠다니면 장맛비 소리 들으며 낮잠에 빠져드는 오후처럼 마음이 편안했다.

미세스 이브스, 셸리, 펠릭스 타이틀링……, 친구 이름 부르듯이 책 제목으로 쓰인 영문 폰트를 조용히 읊조리던 휘의 목소리가 펠릭스 타이틀링에서 뚝 끊겼다. 자신의 이름이 펠릭스라도 된다는 듯 엘이 휘를 돌아봤다. 그녀는 평대에 놓인 푸른색의 손바닥만 한 책을 뚫어지게 쳐다보고 있었다. 휘의 시선을 따라가 책 제목을 본 엘이 질색하더니 휘의 눈앞에 손바닥을 펴 휘휘 내저었다.

"휘, 이 책 제목에 쓰인 폰트가 펠릭스 뭐시기야?"

"……."

흠, 휴가지에서 읽는 베로니카의 죽음의 서사라니, 별로 좋은 생각은 아닌 거 같은데.

"……."

"그러고 보니 휘, 우리 처음 만난 날도 죽음에 관한 얘기했었는데, 기억나?"

여전히 책 표지에서 시선을 떼지 못한 채 아무 대답도 하지 않던 휘의 아랫입술이 희미하게 떨렸다.

"왜 그래, 그 책에 뭐라도 있어?"

엘이 휘의 어깨를 안아 가볍게 잡아당겼다. 그제야 얼음 땡이 된 그녀가 마지못해 대답했다.

"아니, 그냥…… 그냥."

"제목이 낚시 같아. 진짜 죽진 않을 거 같은데, 그래도 미 비포 유처럼 또 새드 엔딩이면 난 이 책 바콜로드 동행 반대야."

"훗, 읽어 봐야 새든지 해핀지 알지."

휘가 작은 웃음을 지어 보였고 엘은 그제야 안심했다. 부산 사람인 엘은 재미교포로 오인할 정도로 영어 발음이 좋고 유창했는데, 가끔 과장된 서울말과 억양으로 휘의 빠른 말투를 흉내 내, 그녀를 까르르 웃게 만들었다.

"휘, 우리 한국 가면 개 두 마리 키우자. 한 녀석은 새드, 다른 놈은 해피로 짓는 거야."

"새드와 해피…… 음, 너무 극단적이잖아."

"그런가. 어느 숲속 작은 집에 휘와 엘과 새드와 해피가 함께 살았습니다. 훗, 이렇게 시작한 이야기는 어떻게 끝나게 될까?"

"어느 날 새드와 해피를 키우던 두 사람에게 이별의 순간이 찾아왔고, 그들은 해피는 내 거라고 싸우기 시작했습니다."

"후후, 또 다른 시작이네. 그러면 휘가 해피 데려가. 새드는 내가 잘 돌볼게. 삶이 꼭 해피엔드여야 한다는 강박증에서 벗어나 보지 뭐. ……그런데 뭐야, 이별이라니…… 그런 생각을 하고 있었던 거야."

휘는 명치에 급작스러운 통증을 느꼈다. 고개를 숙여 아무 책이나 집어 들어 뒤적거리며 엘의 시선을 피했다. 위액이 역류하고 등줄기에서 시은땀이 흘렀다. 휘가 대답을 피하자 머쓱한 기분이 든 엘은 좀 전에 휘를 붙들었던 책의 첫 장을 읽어 내려갔고 그녀의 변화를 알아채지 못했다. 느긋하게 흐르던 휘의 시간이 쏜살같이 서울로 돌아갔다.

오모강 부족의 언어

한강이 내려다보이는 웨딩홀에는 첼로 연주곡 〈사랑의 인사〉가 강박적으로 반복되었다. 수국, 아이리스, 히아신스, 리시안셔스 따위에 파묻힌 휘는, 결혼식 내내 분꽃색 웃음을 지었다. 아무 일 없던 것처럼 활짝 웃으면 아무 일 아닌 게 된다는 듯이. 하지만 축가 〈두 사람〉이 예식장에 감미롭게 울려 퍼지고, 지인들이 축하 인사를 잇달아 건네 오는 동안에도 휘의 귓가에는 M이 퍼붓던 기이한 욕소리만 뱅뱅 맴돌았다.

M의 언어폭력이 처음 나타난 건, 두 사람의 결혼이 보름쯤 남았을 때였다. 술에 어지간히 취해 휘의 집 앞 공원으로 찾아온 M은 휘를 보자 다짜고짜 주머니에서 사진 한 장을 꺼내 바닥에 내던졌다. 환하게 웃는 휘와 그녀의 예전 남자친구가 길바닥에 떨어진 사진 속에서 팔랑거렸다.

"저거, 니 책 속에 끼어 있더라. 니 노트북 폰트 폴더 안에 뭐, 폰트폰트라는 폴더까지 만들어서 사진들을 잘도 저장해 놨던데, 아직도 못 잊은 거냐. 그래서 그 새끼 지금도 만나냐."

M이 버럭 소리를 질렀다. 책에든 컴퓨터에든 보관한 사실 자체를 까맣게 잊을 만큼 휘에게 사진 속 남자는 이미 희미한 사람이었다. 공인인증서나 증명 서류 파일을 모아 놓는 그녀의 노트북 속 폰트폰트 폴더는, 버려야 할지 말아야 할지 판단이 보류된 사진들의 임시 저장소이기도 했다. 휘는 그녀의 비밀 공간을 열어 봤다고 당당하게 말하는 그의 무례함에 어안이 벙벙해졌다. 휘의 컴퓨터 시스템 드라이브로 들어간 후에 윈도우 폴더를 클릭하고, 알파벳 순서로 정렬된 목록에서 폰트 폴더 안의 또다른 폴더까지, 적어도 수십 개의 폴더를 열어 봐야 볼 수 있는 폰트폰트 폴더의 잊힌 jpg 파일로 존재하는 옛 사람을 찾아내, 지금도 만나냐며 추궁하고 있는 것이다. 컴퓨터를 훔쳐본 게 아니라면, 미처 사진 정리를 못해

미안하다고 사과했을 것이다.

"그러니까 내 노트북을 허락도 없이 뒤졌다고. 제정신이야?"

휘가 따져 물었다. 순간 M의 얼굴이 험악하게 일그러지더니 세상 희귀하고 기묘한 욕을 휘에게 퍼붓기 시작했다. 아프리카 오모강의 소수 부족 언어보다도 낯선 M의 욕설이 휘의 동네에 쩌렁쩌렁 울려 퍼졌다. M의 상소리는 골목에 늘어선 이웃들의 호기심을 깨웠고, 창문을 열어 본 이들은 다시 슬쩍 창문을 닫았다. 발가벗겨져 광장에 내몰린 듯한 수치심과 공포가 휘를 덮쳤다. 깽깽이풀이 춤추는 봄밤에 그녀는 된서리라도 맞은 듯이 온몸을 바들바들 떨었다. M의 폭언은 새벽까지 이어졌다.

출근 시간이 되기를 기다렸다가 휘는 본부장에게 연락을 취했다. 전화로 연차를 낸 건, 십여 년의 직장 생활 동안 처음 있는 일이었다. M에게도 파혼을 전했다. 휘가의 이별이 배틸 음식처럼 전화 한 통으로 가능한 영역이었다니, 하루아침에 세상이 달라져 버렸다. 잠 속으로 도망치고 싶었지만, 커튼을 뚫고 들어온 잔망한 햇빛이 방안을 헤집고 다니며 그녀의 수면을 방해했다.

빙글빙글 사납게 돌며 밝아졌다 흐려지기를 반복하던 천장이 어둑해졌다. 자정이 다 되도록 물 한 모금 마시지 못한 휘는 바싹 마른 입술을 손가락으로 뜯으며 부엌으로 나갔다. 냉장고 문을 막 여는데 초인종이 울렸다. 벽에 붙은 디스플레이 장치로 고개를 처박을 듯이 앞으로 내밀고 있는 M의 얼굴이 보였다. 화면 속 M과 얼떨결에 눈이 마주친 휘의 심장이 걷잡을 수 없이 쿵쾅댔다. 생수를 꺼내려다 말고 그녀는 숨죽여 냉장고 문을 닫았다. 집안 전등이 모두 꺼져 있는 걸 확인한 뒤, 소파 밑에 웅크린 채 M이 돌아가기를 기다렸다. 하지만 휘가 집에 있는 걸 다 안다는 듯이 M은 응답 없는 벨을 끈덕지게 눌러 댔다. 나이트메어 전주곡이 된 꾀꼬리 노랫소리가 스무 평 남짓한 공간에 쉼 없이 울려 퍼졌다. 날이 밝으면 당장 벨 소리 바꾸는 방법부터 알아봐야지. 이사를 하는 편이 나을지도 모른다……. 그래도 결혼을 앞두었던 사이, 한 번은 마주해야 할 상대……. 휘는 초인종 화면의 통화 버튼을 눌렀다. M의 절박한 목소리가 들려왔다.

"부탁이야. 마지막으로 한 번만 얼굴 보고 얘기하자. 진짜 딱 한 번만."

휘는 걸쇠를 풀지 않은 채 현관문을 조금 열었다. M이 기다렸다는 듯이 털썩 둔탁한 소리를 내며 복도 바닥에 무릎을 꿇었다. 엄마 잃은 어린 양처럼 애처롭게 흐느끼기 시작했다. 잘못했다고 용서해 달라고.

평생 같은 공간을 공유하며 살아도 좋겠다 싶을 만큼 확고했던 M과의 지난날이 휘의 방어막을 헤집기 시작했다. 휘의 침묵이 길어지고 M의 어깨는 더 세차게 들썩였다. 복도와 현관의 센서 등이 차례대로 꺼지고 꽃샘바람이 반반도 채 열리지 않은 문틈을 통해 M의 울음소리를 삼키며 집 안으로 들어왔다. 자상했던 사람인데, 어쩌다 한 번 실수인데, 내가 이렇게 좋다는데……. 어둠 속에 붙박이처럼 서 있던 휘의 코끝이 아렸다. 파혼 뒷감당 문제까지 겹친 머릿속은 첫머리를 찾을 수 없는 실타래처럼 엉켰다. 설마 이런 일이 또 생기지는 않겠지. 이미 청첩장까지 돌렸다. 결혼을 뒤집으면 인생 수습 불가.

"신부님, 여기 보세요. 네, 조금만 웃어 볼까요."

잠시 낙엽색 낯빛을 보인 휘를 향해 사진 촬영기사가 외쳤다. 휘는 자신이 연극 무대에서 신부 연기를 하고 있다는 생각이 들었다. 지금은 더할 나위 없이 행복한 순간을 표현해야 하는 장면이다. 휘가 미소를 지어 보이자 그녀와 M에게 조준을 맞춘 카메라 렌즈 조리개가 철컥 빠르게 닫혔다.

광대버섯이 킥

방문을 열고 거실로 나가던 휘는 멈칫했다. M이 소파에 꼿꼿이 앉아 책을 훑어보고 있었다. 지난주에 그녀가 읽고 책장에 꽂아두었던 책이다. 자신의 사업과 관련한 실용서 외에, 독서와는 거리가 먼 M이 늦은 밤에 책을 읽는다면, 목적은 딱 한 가지였다. 꼬투리 잡을 일이 생긴 것이다. M은 평소에 휘가 읽던 책을 눈여겨보다가, 어깃장 놓을 일이 생기면 그 책을 따라 읽고 자기식대로 내용을 편집해 싸움을 걸어오고는 했다.

"뭐, 한국 근대문학에 나타난 성과 연애 담론? 문학 좋아하시네. 나하고 자는 건 싫고 이따위 책으로 해결하니까 좋냐?"

또 시작됐다.

"연하는 언제 만났냐. 니 휴대폰에 부재중 전화 찍힌 거 전에 사귀던 연하 새끼 번호 아냐?"

휘는 며칠 전에 자리를 비운 사이 걸려 왔던 전화를 기억해 냈다. 처음 보는 번호라서 무심히 지나쳤던 전화 한 통.

"모르는 번호야."

"니 번호랑 뒷자리가 똑같던데, 모른다고?"

휘는 휴대전화의 최근 전화 목록을 열었다. 진짜로 뒷번호가 같았다. 잘못 걸려 온 전화가 하필, 머리끝이 쭈뼛쭈뼛해졌다. 그동안 자신의 휴대폰을 감시해 왔다는 데 생각이 이르자 화가 치밀었지만 상황을 키우고 싶지 않았다. 잠도 못 자고 밤새 들볶일 것이다. 내일은 우여곡절 끝에 출간한 《이스탄불의 세밀화》 홍보 회의로 오전부터 긴장이 예고된 상태다.

"몰라."

"목소리 들어 보니 어린놈이던데 언제부터 만난 거냐?"

상대방에게 확인 전화까지 한 모양이었다.

"잘못 걸려 온 거야."

"그 새끼도 잘못 걸었다고 딱 잡아떼던데, 둘이 짰냐?"

M의 상상력을 입은 사이코 모노드라마가 본격적으로 펼쳐졌다. 욕설과 패설이 날뛰는 오프닝에서 휘는 이미 두 손을 들었다.

16화인지 20화인지 헤아리지 않은 지도 오래됐다. M의 상습적 언어폭력은 가학 흔적이 외피로 드러나지 않았을 뿐, 물리적 폭력과 다를 바 없었다. 반복 학습된 수치심은 기다렸다는 듯이 휘를 우울과 무기력의 구덩이로 깊숙이 빠져들게 했고, 씹구멍, 좆, 말뚝, 아가리질 같은 바이러스가 휘의 귀와 목과 식도를 지나며 소화기관과 신경과 혈관을 파괴하고 정신을 멍투성이로 만들며 그 효험을 드러냈다.

"킥!"

짧고 신경질적인 웃음소리가 휘의 목구멍에서 삐져나왔다. 휘는 지난겨울 미생물 도감에 들어갈 사진을 찾다가 우연히 발견한 광대버섯을 떠올렸다. 희고 둥근 무늬가 패턴처럼 박힌 빨간색 갓이 인상적이었는데 덧붙은 설명은 더 흥미로웠다. 맹독성 버섯으로 독이 몸에 퍼지면 웃으면서 혼수상태에 빠지거나 사망에 이르기도 한다. 웃으면서…… 웃으면서…….

"웃어?"

M이 소파 옆에 세워진 전등을 번쩍 들어 벽으로 내동댕이쳤다. 전등갓이 바닥에 널브러지고 전구가 산산이 조각났다.

"아하하! 미친놈."

절묘한 타이밍에 터진 웃음은 멈출 기미를 보이지 않았다. 누가 미쳤는지 알 수 없었다. 얼굴이 붉으락푸르락 달아오른 M이 휘를 벽으로 밀치더니 목을 두 손으로 짓누르기 시작했다. 하하, 컥, 휘의 핏발 선 흰자위가 고통과 공포로 확장됐다. 정신이 아득해졌다. 아하, 하…… 숨을 쉴 수가 없다. 설마 이렇게 죽는 건가. 마지막으로 한 말이 미친놈인 채로…….

그때 거실 구석에 방치된 뭉툭한 물체가 휘의 눈에 들어왔다. 며칠 전에 소음을 주의해 달라며 아랫집 여자가 주고 간 실내용 슬리퍼 두 켤레였다. 휘는 발꿈치로 바닥을 마구 내리쳤다. 쿵, 탕, 탕, 긴급구조 요청이 한밤의 아파트 벽을 타고 모스 부호처럼 퍼져 나갔다.

키보드 두드리는 소리가 불규칙해지면서 모니터의 보도자료도 한 시간째 저자 소개에 머물렀다. 오늘 안에 넘겨야 할 출간 사업 계획서도 남았지만 휘는 집중할 수가 없었다. 지난밤 싸움은 새벽 다섯 시쯤 아랫집 부부와 경비원이 찾아오면서 끝이 났다. M이 싱크대에서 부엌칼을 꺼내려던 찰나였다. 목에 드러난 붉은 손자국을 머플러로 감추고 참여한 신간 회의에서 무슨 내용이 오갔는지는 박 과장이 가져온 띠지 문구를 보고서야 가까스로 기억해 냈다.

업무를 마치고 회사를 나서던 휘는 황급히 발길을 돌려 화장실로 향했다. 회전문 사이로 M을 본 것 같았다. 목 비틀린 닭처럼 휘의 몸뚱이와 머리가 제각각으로 허둥댔다. M을 피해 나갈 수 있는 건물 출구 몇 군데를 재빠르게 헤아린 뒤, 그녀는 엘리베이터를 타고 지하 3층 버튼을 눌렀다.

지하 주차장의 나선형으로 굽은 차로를 통과하던 운전자들이 어둠 속에서 휘를 발견하자 클랙슨을 울리며 경고를 보냈다. 지하를 빠져나와서야 내내 화끈거리던 발이 눈에 들어왔다. 샌들에 쓸렸는지 오른쪽 새끼발톱 가장자리에 핏물이 맺혔다. 발끝에 간신히 매달렸던 스트랩을 발등으로 옮기자, 신발 가죽과 맞닿은 상처가 더 시근시근했다. 샌들을 고쳐 신은 후, 허리를 펴던 휘는 하마터면 소리를 지를 뻔했다. 휘의 시야를 검정 로퍼가 가로막았다.

"왜 거기서 나와. 전화도 안 받고. 집에 같이 들어가려고 계속 연락했는데."

로퍼의 은장식에 M의 얼굴이 반사되기라도 하는 듯이 휘는 그의 발에서 눈을 떼지 못했다. 길 잃은 아이의 가면을 쓰고 세상 불쌍한 표정으로 서 있을 테지.

"휘, 내가 죽을 죄를 졌어. 용서해 줘. 부탁이야. 다시는 그런 일 없을 거야. 미안해. 정말 미안해."

M은 콘크리트 바닥에 무릎을 꿇었다. 두 손을 허벅다리에 가지런히 얹은 채 고개를 떨구었다. 무릎을 꺾든, 물구나무를 서든, 화해의 제스처에 무감해진 지 오래지만, 직원들 눈에 띄면 곤란했다. 휘는 회사에서 멀찍이 떨어진 카페로 M을 데려갔다.

탁자에 오렌지 주스 두 잔이 놓였다. 휘는 유리잔에서 시선을 떼지 않았다. 잔을 가득 채웠던 얼음이 천천히 녹아 주스로 스며드는 것을 보며, 그녀는 파타고니아의 빙하를 떠올렸고 자신도 얼음덩이와 함께 스르르 사라지는 상상을 했다. 휘의 잔에 맺혔던 기포가 물줄기를 이루어 바닥으로 흘러내렸다. M은 손수건을 꺼내 유리잔 주변을 정성껏 닦으며 시원한 음료로 다시 주문해 올지 물어봤고 그녀는 고개를 내저었다. 얼음 조각들이 본래의 형체를 잃어 오렌지 주스에 공허를 얹을 즈음 휘가 입을 뗐다.

"이혼해."

양 눈썹과 어깨를 한껏 내린 채 휘의 눈치를 살피던 M은 휘의 짧고 분명한 어조에 바로 태세를 바꿨다. 오른쪽 입꼬리를 바싹 올려붙이더니, 지갑에서 흰 종이를 꺼내 휘의 눈앞에 쫙 펼쳤다. 종이에는 까만 펜으로 적은 글씨들이 빼곡했다.

고은아 서울시 서초구 방배동…… 02-474-0000

김정호 서울시 영등포구 여의도동…… 02-786-0000

이런 이름과 주소, 전화번호가 어림잡아도 서른 줄은 넘어 보였다. 분명 어디서 많이 들은 이름들인데 퍼뜩 떠오르지 않았다. 목록의 중간쯤에서 휘의 시선이 멈췄고 그녀는 눈을 찡그렸다. 대학 동문 주소록이다. 언젠가 M과 함께 대학 졸업 앨범을 보며 앳된 얼굴과 유행 지난 패션 얘기로 즐거워했던 기억이 떠올랐다. 그러니까 M은 앨범 뒤에 인쇄된 휘의 대학 동기들 연락처를 종이에 옮겨서 그동안 보관해 온 것이다. 왜…….

"이 사람들한테 전화해서 니가 어떻게 살고 있는지, 뭘 잘못했는지 다 까발릴 거다. 알겠냐."

추억의 시간에 빠져 방글거리던 휘와 그 옆에서 언젠가 써먹을 판을 구상하며 흐흐거렸을 M의 완벽한 동상이몽이었다. 전기 충격 같은 소름이 목에 두른 머플러 안쪽을 긁고 지나갔다. 휘가 전혀 읽지 못한 수가 협상 테이블에 놓였다. 한 수도 물리지 못한 채 M의 지옥으로 돌아가는 휘의 긴 그림자가 휘청거렸다.

그 후로도 휘의 탈출은 번번이 M의 셈판을 벗어나지 못했다. 휘가 가는 곳곳에 불쑥불쑥 나타난 M은 그녀 앞에서 회심의 주소록을 꺼내 들고 텍스트를 목청껏 소리 내 읽어 내려갔다. 새로 조합한 욕지거리를 추임새로 넣어 모멸감을 더하는 것도 잊지 않았다. 휘의 회사 앞에서, 친구 집 버스 정류장에서, 찜질방, 치과, 경찰서, 본가 진입로에서, 이, 정, 하 따위로 시작하는 이름들이 M의 입에서 튀어나올 때마다 휘의 머리칼에는 흰 서리가 한 움큼씩 내려앉았다.

크리스마스 잔혹동화

길에서 자꾸 뒤돌아보는 버릇이 생겼다. M과 엇비슷한 형체만 보여도 가슴이 철렁 내려앉고 호흡이 가빠졌다. 사표를 낸 휘는 업무인계도 하지 못한 채 도망치듯이 회사를 떠났다. 친정에도 발길을 끊었다. 언제 M이 나타나 횡포를 부릴지 모를 일이었다.

침대에 누운 채 꼬박 닷새가 흘렀다. 헤어질 권리도, 도망칠 의지도 상실한 휘의 세상은 욕의 텍스트로 가득 찼고, 그녀는 더 이상 책을 읽지 않았다. 이대로 땅 속으로 꺼져서 다음 날 다시 깨어나지 않기를 잠들 때마다 기도했지만, 그런 행운은 그녀를 찾아오지 않았다.

스스로 삶을 멈추려면 여느 때보다 적극적인 인생 개입이 필요했다. 처지에 맞는 적절한 방법을 찾아야 하고, 가족들이 입을 상처를 최소화하기 위한 장치를 마련해야 하며, 미수로 그치지 않고 한 번에 성공하기 위한 철저한 계획을 세우고 점검해야 한다. 숨이 끊어지는 마지막 순간에도 선택을 후회하지 않을 자신감은 필수다. 죽기로 결심할 때 갖춰야 할 스펙도 사는 것 못지않게 치열하고 고단했다.

휘는 고시원 창문의 방범 창살을 서너 번 힘껏 당겨 보고 방바닥에 앉았다. 스웨터와 종이 뭉치, 노트북 따위로 널브러진 트렁크 안에서 리본을 골라 모두 꺼냈다. 동그란 틀에 감긴 리본을 풀어 여러 개를 겹치고 꼬았더니 제법 두껍고 단단한 줄이 만들어졌다. 초록과 빨강이 뒤섞인 줄은 가지런히 땋은 앤의 머리처럼 예뻤다. 선물 포장용 리본으로 죽게 될 줄이야, 크리스마스 잔혹동화가 따로 없었다. 자신의 소유물이 사라져 안타까워할 M을 떠올리며 휘는 헛웃음을 쳤다. 이제 가엾기까지 하다. 킥킥, 웃음이 터지며 휘의 식도에 뿌리내린 광대버섯이 역류하기 시작했다. 흰 점이 박힌 뽈긋한 고개를 목구멍으로 드러냈다. 갓을 따라 광속도로 자라난 버섯대는 초록과 빨강이 엉킨 줄기로 변해 수백 개로 갈라지더니 휘의 목을 순식간에 휘감았다. 꿈인지 환각인지 알 수 없었다.

투둑투둑 무언가 자꾸 창문을 두드리는 소리가 암흑으로 빠져들던 휘를 깨웠다. 희미하게 정신이 들자 휘의 얼굴은 고통으로 일그러졌다. 휘는 목을 잡아맨 줄의 매듭을 찾아 필사적으로 목덜미를 더듬었다. 죽고 싶은지 살고 싶은지는 알 수 없었다. 이 고통에서 빨리 벗어나고 싶을 뿐. 손가락에 볼록한 부분이 잡혔다. 그녀는 손톱으로 목줄의 마디를 사정없이 긁으며 이리저리 당겼다. 팔을 움직일수록 허공에 뜬 두 발은 더 세차게 허둥거렸고 목의 끈은 더 깊숙이 살을 파고들었다.

이런 결혼 생활을 예측하지 못한 것도 아니지. 잘못된 선택, 인정하고 싶지 않았을 뿐. 다 내 탓이다……. 휘의 두 팔이 축 늘어졌다. 그의 시간도 지옥 같았을까. 가장 가까운 사람을 부단히 의심해야 하는 지옥……. 거친 숨도 사라졌다. 방바닥에 흩어진 상자와 의자 따위가 어슴푸레 보이다 말다 하며 다시 의식을 잃어 갈 즈음, 돌돌 꼬였던 줄이 맥없이 방향을 반대로 틀었다. 휘의 몸이 바닥으로 쿵 나가떨어졌다.

요괴 시바 야마

 정과의 약속 장소는 하필 사람 많은 강남역이었다. 지하철역 출구를 막 빠져나오는데 휴대전화가 울렸다. 액정에 뜬 번호를 확인한 휘의 목덜미가 오그라들었다. 그녀는 사람들 틈을 이리저리 두리번거렸다. 어디선가 M이 히죽거리며 튀어나올 것 같았다.

 "잘 숨었냐. 너 어딘지 눈에 띄기만 하면 내가 그 자리에서 갈아 마실 거다. 몸조심해라."

 삭여 왔던 분노가 끓어올랐다. 휘의 머리끝이 뾰족하게 솟고 얼굴은 허리케인이라도 삼킨 것처럼 터질 듯 부풀었다. 새빨갛게 달아오른 볼에는 광대버섯처럼 흰 점들이 간질간질 돋아났다. 휘의 식도를 잠식했던 상스러운 욕설이 목구멍으로 솟구쳐 올라왔다.

"우히히히! 씨발 새끼야, 니가 아니라 내가, 내가 너를 갈아 마실 거다, 알겠냐, 우히히히히! 악! 아악! 아아악!"

M이 배설한 난센스는 휘에게서 뉘앙스를 달리하며 욕어로 재탄생했다. 그녀의 욕어는 주어와 목적어가 분명했고 문맥에 맞춘 조롱과 상징들로 어우러졌다. 욕설의 수사법은 리듬을 더하고 고려속요, 이슬람 세밀화, 인도 신화, 페르시아 시에서 차용한 뒤틀린 비유와 천잡한 재료가 날뛰었다.

"아하하하! 아으 동동 다리! 동동 냇물 얼고 녹는데 남만 괴롭히다 지옥으로 떨어질 이 개새끼야! 그만 꺼져! 내가 어디로 가는지 사는지 죽는지 제발 알려고 들지 말라고 이 요괴 시바 야마 새끼야! 아악! 아아악! 니가 술탄인 세계에서 끝없이 떠돌다 오장육부가 문드러지든 신을 경배하는 개로 환생하든 내 세상에 다시는 얼씬거리지 마라, 알겠냐. 이 요괴 시바 야마 새끼야아! 우하하하! 악! 아악! 아아악!"

헉헉, 휘는 숨을 헐떡거렸다. 분노와 공포가 한데 섞인 독기 어린 웃음소리와 비명, 괴상한 욕의 문장들로 뜻밖의 구경거리를 만난 행인들이 걸음을 세웠다. 놀란 눈, 호기심 어린 눈, 끌끌거리는 눈……. 군중의 따가운 시선이 뜨거운 응원처럼 휘의 가슴에 꽂혔다. 미쳤군, 낄낄거리며 수군대는 소리는 휘의 역공에 환호하는 열

띤 함성으로 들렸다. 어쩌면 벌써 사라졌을 삶이다. 지금의 삶은 덤, 삶은 고구마, 삶은 감자, 삶은 옥수수…… 삶은 죽음의 또 다른 이름……. 죽음을 가까이 둔 자는 자신의 욕망 앞에서 주저하지 않는 법. 하마터면 놈에게 욕 한번 제대로 못 하고 죽을 뻔했다.

언제부터 와 있었던 걸까. 휘는 정의 휘둥그레진 눈과 마주쳤다. 최근에 인터넷 포털사의 최연소 콘텐츠 개발 팀장에 오르면서 동문 소식지로 먼저 근황을 알려 온 친구. 그녀는 히죽히죽 웃는 휘를, 양손으로 입을 꽉 틀어막고 미간 주름을 불룩하게 드러낸 채 괴기 영화를 보듯 바라보고 있었다. 요괴 시바 야마 새끼 시바…… 야마…… 내 삶은 덤, 삶은 고구마, 삶은 감자, 삶은 옥수수……. 지나가는 사람들의 귀청을 때리던 휘의 악다구니가 쇳소리로 변하며 잦아들었다. 마라톤을 완주한 사람처럼 그녀의 두 다리가 허청거렸다.

그런데 뭔가 이상했다. 상대편이 잠잠하다. 휘는 귀에서 휴대 전화를 떼어 화면을 살폈다. 전화가 끊겨 있다. 믿을 수 없었다. 차올랐던 눈물이 매끈둥한 액정 위로 투두둑 떨어졌다.

상대편의 위협과 욕설에 시달리다 먼저 전화를 끊는 건 항상 휘 쪽이었다. 그리고 나면 저쪽은 열 번이고 스무 번이고 전화를 걸어왔고, 반응 없는 수동적인 휘를 향한 살벌한 협박 문자가 다시 이어지는 패턴. 그런데 처음으로 저쪽에서 먼저 전화를 끊은 것이다. 아, 이거였나. 눈에는 눈, 욕에는 욕, 피하지 말고, 도망치지 말고 싸워야 했다. 삶은 싸움이다.

가족과 주변 사람들에게 자신의 참담한 결혼 생활을 들킬까 봐 휘는 늘 불안했다. 가족은 휘만큼 고통스러울 테고 친구와 동료들은 그녀를 동정하거나 그런 척하겠지만, 어느 쪽이든 그동안 쌓아 온 신뢰와 품위가 바닥으로 내동댕이쳐질 건 마찬가지였다. 저쪽은 휘의 불안을 잘 알았고 그걸 영리하게 잘도 이용했다. 사람 많은 공공장소에서는 휘가 절대 저항하지 않는다는 걸. 길에서 잡아끌고 차에 태워 납치해도 찍소리하지 않는다는 걸. 그러나 잘 사는 척 행복한 척, 죽을힘을 다해 숨겨 놓았던 결혼의 비루한 실상을 강남역 길바닥에 패대기칠 휘를 제압할 무기가 이제 저쪽에는 없었다.

이번에는 휘가 저쪽에게 전화를 걸었다. 토해 내지 못한 욕이 아직 남았는데 저쪽은 전화를 받지 않았다. 씨발.

수상한 필리핀 기숙사

필리핀 어학연수를 준비하면서 휘가 영어보다 더 신경 쓴 건 숙소였다. 영어 공부는 가족을 안심시키기 위한 방편이었고 낯선 나라에서 타인으로 조용히 혼자 지내고 싶었다. '혼자'는 헤어질 권리를 공인받고도 수십 번의 사투를 겪은 뒤에야 겨우 받아 낸 위자료 같은 거였다. 그거면 되었다. 불행을 감지하고도 눈 감아 버린 연애의 대가는 너무 가혹했으므로.

기숙사에는 2인실, 3인실, 6인실도 있었지만, 휘는 비용을 훨씬 더 치르고 1인실을 신청했다. 이십 대 초중반 한국 학생이 대부분을 차지하는 어학원에서 휘의 나이가 제일 많을 터였다. 자신을 격리해 완벽한 타인으로 지내기에 그보다 좋을 수는 없어 보였다.

어학원은 외관부터 서울 사무소의 카탈로그에서 본 사진과는 달라도 너무 달랐다. 1층과 2층에는 강의실과 식당이 있고 3층과 4층이 기숙사로 쓰인다고 어학원 매니저가 설명했다. 휘는 자신이 지낼 방을 둘러봤다. 칠이 닳아 너덜너덜하게 해진 옷장, 허름한 매트리스가 놓인 철제 침대, 목제 책상과 의자 한 개가 공간을 꽉 채운 세 평 남짓의 방이었다. 회색인지 미색인지 분간할 수 없는 벽에 손을 대니, 뿌연 먼지와 정체 모를 서너 가닥의 줄이 손바닥에 끈끈하게 붙었다. 어쩐지 자신의 내면과 꼭 닮은 것 같은 방을 보며 휘는 씁쓸한 웃음을 흘렸다.

머리를 긁적이는 매니저를 등지고 욕실을 기웃한 휘의 시선이 잿빛 타일 벽에 걸린 녹슨 샤워기와 누런 세면대를 지나 변기에 닿았다. 토기가 올라왔다. 사방 문양으로 오염된 채 톳색으로 착색된 변기 안쪽이 노란다발 독버섯을 연상시켰다. 휘는 입을 막았다. 필리핀 물에는 석회질 성분이 많아요. 오랫동안 축척돼서, 맷지 그은 아니고 청소해도 저래요. 휘의 표정을 연신 살피던 매니저의 말이었다. 휘는 서울 본점에서 봤던 어학원 원장의 말을 떠올렸다. 필리핀은 칠천여 개가 넘는 섬으로 이루어졌는데, 일로일로는 마닐라^{Manila}나 세부^{Cebu}보다 한국인이 적고 공기도 좋아서 영어 공부하며 휴식하기에 최적화된 지역이라고. 휘는 휴식하기 좋은 곳을 혼자 지내기에 좋은 곳으로 고쳐 들었다. 하지만 어디를 둘러봐도 동남아 여행에 흔히 기대하는 휴식이나 혼자 지내기 좋은, 이라는 수식어에 마땅한 공간은 없어 보였다.

목구멍이 따끔거리더니 잇따라 속이 메슥거렸다. 휘는 트렁크만 두고 서둘러 방을 나왔다. 4층의 중앙 휴게실에는 등나무 의자 서너 개와 원형 탁자가 어수선하게 놓였다. 모여서 수다를 떨던 학생들이 휘를 보자 인사를 건넸다. 또 한 명의 희생자가 오셨군, 하는 표정들이었다. 휘는 인사를 하는 둥 마는 둥 입을 틀어막고 바깥이 내다보이는 난간으로 뛰듯이 향했다. 사방이 뚫린 옥상 너머로 일로일로의 마을 정경이 한눈에 들어왔다. 초록 들판이 호위병 같은 야자수를 따라 한적한 이차선 도로의 소실점까지 이어졌다. 서울에서는 볼 수 없었던 진귀한 지평선을 보자 식도를 역류하며 울렁거리던 속이 평평해졌다.

"언니, 괜찮으세요?"

영어 사용만 허용된다던 어학원에서 한국말이 들렸다. 휘는 목소리를 따라 고개를 돌렸다. 줄리아 로버츠가 서 있다. 헐리우드 영화의 영어 대사를 속사포처럼 떠들어 댄다 해도 별로 이상할 것 없는 이국적인 얼굴의 한국인이었다.

"저도 여기 처음 왔을 때 영혼이 빠져나가는 줄 알았어요. 이렇게 누더기 같은 방은 처음 봐서요."

어디서나 눈에 확 띄는 미모의 그녀는 자신의 영어 이름이 미셸이라고 소개했다. 미셸은 오후 내내 틈틈이 휘의 방을 찾아와 노트북의 와이파이 설정을 도왔다. 신호가 잘 잡히지 않자 옥상 휴게실로, 2층 강의실로, 휘의 노트북을 들고 왔다 갔다 오르락내리락, 완벽한 타인 되기의 첫 번째 장애물이다.

"누나, 방 바꿔 달라고 하세요. 지난주에 거기 도둑 들었어요."

이 겁나는 소식을 조곤조곤 전한 사람은 가톨릭 사제처럼 단정한 미소를 지닌 데이비드였다. 완벽한 타인 되기, 두 번째 장애물의 등장을 휘는 직감했다. 데이비드가 제공한 고급 정보 덕분에 휘는 어학원 측에 항의해서 사정이 조금 나은 방으로 옮겨갔다. 옥상의 서쪽 난간과 동일한 열에 있는 모퉁이 방이다. 변기는 여전히 땟자국을 호기롭게 드러내고 있었지만 이번엔 한층 연한 암황색이었다. 무엇보다 바깥쪽 벽의 절반을 차지할 만큼 커다란 창문이 휘의 날 선 속을 누그러뜨렸다. 그녀가 유리창을 열자, 모퉁이에 바싹 달라붙어 있던 초록 도마뱀이 쏜살같이 도망쳐 사라졌다.

어학원은 전체 클래스를 다 합해도 학생이 스무 명 남짓이었다. 모두 한국인이었는데 시설이 낙후돼서 학생이 적은 건지, 학생이 적어서 시설 관리를 못 하는 건지, 아무튼 학생 수가 건물 규모보다 한참 적으니 적자 운영일 건 뻔했다. 좋은 점도 있었다. 영어를 가르치는 튜터가 아홉 명뿐이었지만 학생 수가 워낙 적어서 그룹 수업도 거의 개인 교습으로 채워졌다. 광고에 속아 허름하고 너저분한 시설을 어쩔 수 없이 공유한 그들은 서로의 처지를 위로하고 공감하면서 이국적인 우정을 쌓아 갔다.

옥상은 낡았지만 커피를 마시거나 담배를 피우고 갖가지 소문과 정보가 오가는 전망 좋은 핫플레이스였다. 옥상 등나무 의자에 앉아 노트북으로 영화를 보는 휘의 옆에 데이비드가 자리를 잡으며 말했다.

"어, 누나도 노팅힐로 영어 공부하시네요? 저도 이 영화 좋아해요. 이거 영어 자막 버전 있는데, 이따 수업 끝나고 드릴게요."

"아, 진짜? 데이비드도 레트로 감성이네. 후후, 삼십 번은 돌려 본 거 같은데 아직도 영어 대사가 안 들려."

휘의 노트북 스크린에는 줄리아 로버츠가 휴 그랜트의 책방으로 찾아와 화해를 청하는 장면이 나오는 중이었다.

"으음, 한글 자막은 끄고, 영문 보면서 들으면 확실히 느는 거 같아요. ……근데 누나, 미셸 누구 닮지 않았어요?"

"……줄리아 로버츠!"

동시에 같은 이름을 외치고 둘은 쿡쿡 웃었다.

수업 없는 주말에 옥상으로 하나둘 모여든 학생들은 마피아나 딸기 농장 같은 게임을 하며 여가를 보냈다. 데이비드는 게임의 사회를 맡을 때마다 마피아로 미셸을 지정했는데, 정체를 잘 숨기지 못하는 그녀는 게임 중반쯤에서 번번이 죽었다. 마피아일 때나 선량한 시민일 때나 마찬가지였다. 웃지 마, 자꾸 웃지 마. 데이비드가 미셸을 놀렸다. 외친 숫자대로 박수와 어깨춤을 맞춰야 하는 딸기 농장 게임의 속도가 빨라지면 청춘들의 심장도 덩달아 뛰었고 두 뺨은 금세 딸기색으로 번졌다. 쿵, 짝, 딸기, 딸기!

휘가 완벽한 타인이 되기에 그곳은 너무 작고 젊었으며, 뜨거웠다.

텍스트가 비처럼 내리면

　처음 보는 한국인이 옥상 등나무 의자에 비스듬히 앉아 책을 읽고 있었다. 이번 달의 희생자다. 자신이 어학원에 처음 왔을 때의 당혹감이 떠오른 휘는 희생자의 긴장을 풀어 주기 위해 먼저 말을 걸었다.
　"헬로, 여기 어때요, 좀 많이 그렇죠?"
　"네? 아아!"
　뭐가 좀이고 많이라는 뜻인지 파악할 시간이 필요한 희생자는 느슨하게 기댔던 허리를 곧게 세웠다.
　"저도 그랬어요. 근데 이곳이 좋아질지도 몰라요. 저처럼요. 여기서 얼마나 공부할 예정이세요?"
　"아아, 저는 매니접니다. 어제 밤늦게 도착해서 오늘 오전에야 학원을 둘러봤어요."

휘는 며칠 전에 어학원의 정보망인 튜터, 레라가 새로 올 매니저에 대해 이런저런 소식을 전했던 기억이 났다. 한국에서 영문학을 전공했는데 어학원에서는 문법을 가르칠 거라고 했다.

서른 살쯤의 연한 얼굴을 가진 매니저 엘은 대화가 길어질 것으로 예상했는지 읽던 책을 테이블 위에 올려놓았다. 두 남녀가 다정하게 마주 보고 있는 사진으로 꽉 찬 표지에 휘의 시선이 닿았다. 어딘지 낯익은 외국인 커플이다. me before you, 디도 헤드라인 폰트다. 디도 디스플레인가. 어, 저 제목 어디서 봤는데……. 기억을 쫓던 휘의 머릿속을 휠체어 탄 남자가 지나갔다. 마닐라 행 비행기에서 봤던 영화다. 한국어 자막이 없어서 자세한 내용은 알 수 없었지만, 휠체어를 탄 부잣집 남자와 그의 병간호를 위해 고용된, 표정이 엄청 다채로운 여자의 로맨스였다. 여자가 남자의 면도를 해 주는 간질간질한 장면이 떠올랐다. 사랑과 위기와 극복 다음엔 신데렐라가 짜잔, 탄생할 터였다. 결말이 궁금하지 않은 영화는 최악이야, 하며 정지 버튼을 눌렀던 영화. 그 원작을 지금 엘이 읽고 있다.

표지 귀퉁이가 닳아서 말려 올라간 책은 뻔한 애정물치고는 꽤 두꺼웠다. 휘가 책을 가리키며 말했다.

"여기 올 때 그 영화 봤는데. 기내에서요. 디도 헤드, 아니, 미

비포 유. 정확히는 보다 말았지만요."

그녀는 습관처럼 표지의 제목 폰트를 먼저 말하다가 얼른 제목을 정정했다.

"보다 말았어요?"

"네, 한국어 자막도 없고, 그 후로 오래오래 행복하게 살았습니다는 좀 지루해서요."

엘의 어깨 너머로 벽에 걸린 시계를 본 휘는 다음 수업이 얼마 남지 않은 걸 깨닫고 일어서려고 했다.

"이거 새드 엔딩인데. 한 번 대충 읽고 다시 읽는 중이거든요."

거의 오백 쪽에 달하는 로맨스 소설을 타국의 언어로 두 번째 읽는 한국 남자는 뻔하지 않았다. 엘은 새드 엔딩 관찰자 시점으로 소설의 줄거리를 실감 나게 전달했다. 앞으로 더 나빠질 상황만 남은 인생을 스스로 끝내길 원하는 주인공과 그 죽음을 존중하고 도와야 하는 가족과 연인, 그리고 이별 후에 남은 특별한 것들에 대해.

남의 일 같지 않은 전개아 예산치 못한 곁말에 휘는 적잖이 놀랐다. 다음 수업은 까마득하게 잊었다.

그 뒤로 휘와 엘은 어학원이 끝나면 틈틈이 만나 영어 원서를 함께 읽었다. 둘 사이에 미 비포 유, 홀스, 아토믹 해비츠, 안락사,

구덩이, 원자, 습관 같은 텍스트가 비처럼 내리면서 친밀의 도수도 농후해졌다.

어느 날 우연히 텍스트 하나가 그들의 등을 살짝 밀었다. 휘의 눈동자가 꽃분홍색으로 빛나고 엘의 입술이 뽈그스레한 물방울로 터지자 두 사람은 감정을 더 숨기지 못하고 연인이 되었다.

십 미터라는 거리

"온니, 온니, 룩 앳 디스."

레라가 자신의 노트북을 수업 시간에 가져왔다.

여행자 커뮤니티인 카우치서핑에 접속한 레라는 사진 한 장을 휘에게 보여 줬다. 창백한 얼굴에 우는 건지, 웃는 건지 알 수 없는 애매한 표정을 지닌 남자였다. 레라가 수업 시간에 자주 언급하던 호주에 산다는 남자친구였다. 그가 곧 필리핀에 놀러 올 예정이라고 레라가 재잘댔다. 그녀의 두 배는 됨직한 거구였다.

"레라 너희 집에서 카우치서핑하는 거야? 소파가 좀 작을 거 같은데."

"아니, 나랑 우리 가족 만나러 오는 거야."

"가족은 왜?"

"내가 좋대. 결혼할 거야."

'언니'라는 한국어 호칭이 재밌다면서 휘를 온니, 온니, 부르며 여동생처럼 따르는 레라의 깜짝 결혼 소식이었다. 휘는 기쁜 마음보다 걱정이 앞섰다. 영상 통화와 메일을 주고받으며 애정을 키웠을 뿐, 실제로 서로의 눈동자 한번 들여다보지 않은 사람과 결혼이라니.

"온니, 온니, 나 호주에 가면 간호 대학에 들어갈 거야. 필리핀에서 호주 비자 받는 거 엄청 까다로운데, 호주 사람과 결혼하면 영주권을 받을 수 있어."

레라는 결혼 이후의 계획까지 다 세워 두었다. 그녀의 의지는 확고했고 그것이 오랫동안 꿈꿔 온 그녀의 미래였다. 필리핀은 호기심 많고 재기 넘치는 레라에게 너무 좁고 심심했으며 가난했다.

"레라, 그 사람 어디가 좋은데?"

"흠, 퍼스^{Perth}의 선물 가게에서 샀다며 코알라 인형을 보내왔는데, 그것처럼 따듯해. 후드도 달렸어."

레라는 자신이 입은 은회색 윗옷에 달린 후드를 머리에 쓰며 나무에 매달린 코알라 모습을 재현해 보였다.

"풉, 아바타를 보냈네. 역시 인간계엔 형상이 필요한 건가."

"히히, 코알라가 아바타? 본체랑 너무 다른데?"

"으음, 눈을 자세히 봐. 홍채가 비슷할 수도 있어."

노트북 속 호주의 연인을 흘끗 쳐다본 레라는 난센스라며 화면을 닫았다. 휘와 레라는 현실 세계의 홍채나 보자고 두 손가락으로 서로의 눈을 크게 떠 보이며 깔깔 웃어 댔다. 화제가 자연스럽게 엘로 넘어갔다. 레라는 언젠가부터 엘을 십미터라고 부르기 시작했다. 휘의 십 미터 반경 안에는 항상 엘이 있다고 놀리는 것이다. 블루투스도 아니고, 십 미터는 적당한 거리인가, 엘이야말로 아바타 아닌가, 레라의 조언이 한창일 때 수업을 마치는 종소리가 울렸다. 밖이 갑자기 쏟아지기 시작한 비로 야단스러웠다. 바다에서 열대 계절풍이 불어오는 우기다. 수다 떠느라 수업 시간 내내 한 번도 펼치지 못했던 영어 교재를 머리에 쓰고 빗속으로 나가려는 휘를 레라가 불렀다.

"온니, 온니, 학원 끝나고 망이나살$^{\text{Mang Inasal}}$ 가서 바베큐하고 밥 먹자. 십미터랑 오케이?"

휘는 레라를 향해 엄지와 검지를 모아 동그라미를 만들어 보이고 빗속으로 뛰어나갔다.

아이스 아메리카노의 온도

 필리핀의 작은 섬 바콜로드에 입주한 스타벅스는 에어컨을 영업시간 내내 풀가동했다. 휘와 엘은 꽈리색 소파에 나란히 앉았다. 한여름인데도 서늘해서 몸이 자꾸만 움츠러들었다. 휘와 엘의 맞닿은 한쪽 팔만 서로의 체온으로 필리핀다웠다. 엘은 입술을 달싹거리며 책의 오른쪽을 읽어 내려갔다. 서로에게 한 페이지씩 소리 내어 읽어 주자는 제안을 한 건 엘이었다. 원서를 편하게 읽을 실력이 아닌 휘가 영문 소설 한 권을 짧은 휴가 동안 거의 다 읽은 건, 그녀의 영어 수준을 고려한 엘의 이런 배려 덕분이었다.

"I know I'm not going to die or faint because of them. 항상 원했지만 그럴 용기가 없어서 포기했던 실수를 저지르며, 공포가 다시 찾아올 수도 있지만, 나는 안다, 그런 것 때문에 죽거나 기절하지 않을 거라는 걸. ……the manual of good behavior, 좋은 행동 매뉴얼…… 흠, 이게 무슨 말이지."

"으음, 수동적인 모범 생활 정도로 이해하면 될 거 같은데. 그러니까 남들과 같아지려는 모범 매뉴얼을 따라가지 말고 자신의 삶과 욕망과 모험을 발견하며 살라고."

"Live. If you live. God will live with you."

따갈로그어로 웅성대는 별다방에, 휘와 엘이 오른쪽 왼쪽 번갈아 가며 낭송하는 영어와 한국어가 사이렌의 노래처럼 퍼져 나갔다.

"언니, 언니, 언니도 같이 왔으면 좋았을걸. 여기 바다 색깔 끝내줘요. 지금이라도 와요. 네?"

보라카이에서 휴가를 보내던 미셸이 전화를 했다.

"윽, 고문하지 마. 나도 보라카이 바다에 뛰어들고 싶다고."

"언니, 늘 저 예뻐해 줘서 고마워요. 표현 잘 못해도 아시죠?"

"뭐야 미셸, 갑자기. 보고 싶잖아."

"하하, 그 말이 듣고 싶었나. 언니, 엘 오빠 옆에 있어요?"

"누나, 애들 여기서 다 타투했어요. 미셸은 목 뒤에 별 모양이고요. 저는 팔뚝에 미셸이라고 새겼더니 애들이 난리 났어요."

미셸의 전화기를 뺏어 든 데이비드의 달뜬 목소리였다.

"누나, 갈 때 코코넛 비누 사 갈게요. 무릎에 좋다는 노니 비누가 나을려나?"

"얘, 내 무릎은 아직 아이돌이거든?"

보라카이 청춘 여행자들 앞에 떠 있을 분홍 무지개가 전화기를 통해 그대로 전해졌다.

예정대로라면 휘도 미셸, 데이비드 일행과 함께 보라카이에 있었을 것이다. 주말 지나 화요일에야 돌아오는 일정이 맞지 않아서 휘만 막판에 빠졌다. 월요일은 휘가 한 번도 빠진 적 없는 페의 작문 수업이 있는 날이었다. 페는 학생들이 수업을 받기 위해 경쟁하는, 어학원의 유일한 튜터였다. 그녀는 영어 실력을 키우는 방법으로 휘에게 영어 일기 쓰기를 권했고 한국 사람처럼 아, 진쫘아, 진쫘? 를 연거푸 외치며 엉망진창 뒤죽박죽 부끄러운 휘의 일기를 읽고 나서 곰들여 다듬어 주었다. 휘가 자신의 학생일 때나 아닐 때나 한결같았다. 일기를 통해 휘와 페는 서로의 시공간을 나누며 성실한 우정을 쌓아 갔다. 그렇게 각별한 페의 수업과 보라카이 사이에서 휘가 갈팡질팡할 때, 마침 엘이 둘만의 바콜로드 여행을 제안한 거였다. 수업을 빠지지 않아도 되는 일정이었다.

"아무튼 데이비드는 휘를 겁나게 챙긴다니까."

통화를 마친 휘의 휴대전화 액정에 묻은 선크림을 닦아 내며 엘이 너스레를 떨었다. 그때 휘가 엘의 손에 든 전화기를 확 낚아채며 꽥 소리를 질렀다.

"악! 미쳤어? 남의 핸드폰을 왜 보는 거야. 아악!"

신경질적인 고음이 카페에 울려 퍼졌다. 왁자한 소리가 일제히 멈추고 손님들은 다음 장면을 궁금해하며 두 사람을 힐끗거렸다. 당황한 엘이 어쩔 줄 몰라 하며 휘를 쳐다봤다. 놀란 건 휘도 마찬가지였다. 떠올리고 싶지 않은 사람이 엘의 얼굴에 투영됐다. 속이 쓰리고 구토가 나왔다.

"미안 미안, 휘, 얼굴이 창백해졌어. 이거 좀 마셔."

엘은 얼른 따뜻한 물을 가져와 휘에게 건넸다. 탁자의 빈 머그를 치우고 휘의 등쪽으로 오른손을 뻗었다. 휘의 등에 동그라미가 그려지기 시작했다. 손바닥 동그라미가 천천히…… 한 번, 두 번, 세 번 더해지자 싸늘했던 휘의 체온도 서서히 올라갔다.

"엘, 미안해, 정말……. 나, 너무 어이없지."

휘가 기운 없이 말했다.

"휘휘, Love means, not ever having to say you're sorry. 그럴

수 있어. 괜찮아, 다 괜찮아."

　뜬금없이 옛날 영화 대사를 꺼내 어색한 분위기를 다독이려 애쓰는 엘을 보며 휘는 별수 없이 헛웃음을 터뜨렸다.

"픕, 정말…… 고마워."

　엘은 말없이 휘의 머리카락을 손가락으로 부드럽게 쓸어 올려 귀 뒤로 넘겼다. 휘는 엘이 남긴 커피를 한 모금 입안에 머금었다가 천천히 삼켰다. 목구멍을 지나 식도로 내려가는 아이스 아메리카노가 따뜻하다.

사탕수수밭을 걸을 때

 소나기 한 번 지나가지 않은 태양의 축복이 바콜로드에 5일째 이어졌다. 침대 맞은편 창가에 매달아 놓은 빨랫줄이 바람에 흔들리며 풀색, 흰색 면 티셔츠와 남청색 속옷들이 너풀댔다.

 드디어 《VERONIKA DECIDES TO DIE》의 마지막 페이지를 넘긴 휘와 엘은 천천히 눈을 마주쳤다. 환하게 반짝이는 두 사람의 눈길 사이로 죽음, 인식, 생존, 격려 같은 텍스트가 오가며 벅찬 감정이 차올랐다. 죽음의 자각은 삶을 더 강렬히 원하도록 부추길 것이다. 바다에, 대지에, 무심히 내리는 비가 생명을 깨우는 모습을 목격하는 순간이 얼마나 큰 기쁨이고 축복인지 알게 해 줄 것이다.

엘이 빨랫줄에서 옷가지를 걷어 휘에게 훅훅 던졌다. 이어서 턱으로 바깥을 가리키며 나가자는 신호를 보내자 휘가 고개를 끄덕였다. 두 사람은 햇빛 부자 나라답게 보송보송 금세 마른 옷을 서둘러 챙겨 입고 밖으로 나갔다. 둘 다 선글라스와 모자를 챙겨오지 않았다는 걸 깨달았을 때, 태울 손님을 찾던 트라이시클 운전사가 그들 앞으로 쏜살같이 달려왔다.

문 없는 홍시색 트라이시클을 타고 흙먼지와 바람을 헤치며 달려 도착한 곳은 사탕수수 농장이었다. 엷은 초록의 사탕수수밭이 끝없이 펼쳐진 고요한 평야는, 바람을 맞아 만신창이가 된 휘의 머리칼과 대조를 이루었다. 말없이 수수밭의 옆길을 따라 나란히 걷던 휘와 엘은 사탕수수 대의 마디를 톡, 톡, 하나씩 꺾어 입에 물었다. 상큼한 단맛이 입안에 퍼졌다. 대를 사탕처럼 쪽쪽 빨아 먹던 엘이 휘의 손등에, 머리와 이마에, 눈 코 입술 볼에, 쪽, 쪽, 쪽, 연이어 입을 맞췄다. 휘의 얼굴에서 달큼한 풀냄새가 났다.

단지 거기에 있었다는 이유로

"엄청난 비네."

덜컹대는 창문을 접은 종이로 고정하며 엘이 말했다. 휴가 마지막 날이다. 어젯밤부터 억수로 쏟아지는 폭우는 오늘도 그칠 기색이 없어 보였다. 창밖을 바라보던 휘는 굳어서 잘 퍼지지 않는 망고 스프레드를 납작하게 눌러서 겨우 떼어내 식빵에 발랐다. 주방에서 커피를 만들던 엘이 누군가와 통화하다 말고 휘를 돌아봤다. 자리에 얼어붙었다. 찻잔에서 흘러넘친 검은 액체가 바닥으로 뚝뚝 떨어졌다.

그날 보라카이 날씨는 조금 흐렸고 어쩌다 센바람도 불었지만, 바다는 대체로 잔잔했다고 한다. 미셸과 데이비드와 제니는 함께 패러세일링을 했다. 셋이 탄 낙하산이 모터보트에 매단 끈을 따라 하늘을 날 때, 갑자기 강풍이 불기 시작했다. 세찬 바람을 견디지 못한 줄이 끊어졌고 그들은 검은 바다로 곤두박질쳤다. 누구는 보트가 뒤집힐까 봐 조종사가 일부러 줄을 끊었을 거라고도 했다. 보라카이로 함께 놀러 갔던 어학원 학생 다섯 명 중에, 제니는 의식을 회복하지 못한 채 일로일로의 병원으로 옮겨졌고 두 명만 무사히 학원으로 돌아왔다. 미셸과 데이비드는 돌아오지 못했다.

장례식은 필리핀 관습을 따라 천주교식으로 진행되었다.

조문객의 행렬은 뜻밖에 길었다. 안타까운 사고가 일로일로 한인회에 알려지자 교민들은 조문을 오거나 성금을 보내 한국에서 온 미셸과 데이비드의 가족을 위로했다. 모인 기금은 장례비와 병원비로 충당됐다.

작은 예배당의 십자가 앞에 관 두 개가 나란히 놓였다. 미셸이 누워 있는 관 앞으로 다가가는 휘의 다리가 허청거렸다. 얼굴 부분만 네모로 뚫린 목관이었다. 사각 프레임을 통해 미셸과 마주한 휘의 얼굴은 시퍼렇게 질렸다. 도저히 미셸을 떠올리기 힘든 참혹

한 모습이었다. 물속을 얼마나 떠돌아다녔는지 퉁퉁 불어난 검자주색 입술과 부어오른 눈두덩이가 하얀 얼굴에 장승처럼 도드라졌다. 아…… 붓꽃처럼 환하게 웃으며 방문을 두드리던 미셸은 어디로 간 걸까. 명치끝이 불타듯 뜨거워지며 휘의 가슴을 조여 왔다. 데이비드의 관 앞에 선 휘는 자신의 목을 손바닥으로 꾹꾹 눌러 댔다. 욕이 목구멍으로 삐져나오려 했다.

만약 휘가 보라카이로 갔다면 그녀도 해상 사고의 당사자가 됐을지 모른다. 아니면 흐리고 바람 부는 하늘을 보며 단호하게 패러세일링을 만류했을지도 모르지. 도무지 알 수 없는 내일이었다. 아름다운 청춘의 두 친구를 잃은 슬픔 사이로 자신을 피해 간 불행에 대한 안도감이 찾아들었다. 휘는 부끄러워서 고개를 들 수 없었다. 죽기를 그토록 바랐던 시간도 있었는데 막상 죽음을 마주한 지금은 살아 있어서 다행이라니…….

휘는 빈소를 나와 인적이 드문 뒷마당으로 갔다. 성모상이 보이는 바닥에 털썩 주저앉자 휘의 검은색 옷자락이 펄럭이며 컴컴한 공기를 만들어 냈다. 자신도 모르게 새어 나온 한숨이 열대의 뜨겁고 긴 바람과 뒤섞여 그녀의 귓가를 돌며 속삭이듯 사부작댔다. 세상의 모든 불행은 누구에게나 일어날 수 있다고, 보랏빛 웃음의 숙녀에게도, 푸릇한 바른생활 청년에게도, 서체를 친구 이름처럼 부르는 휘에게도……. 단지 거기에 있었다는 이유로, 단지 거기에 있지 않았다는 이유로.

고요한 우주의 아득한 시간을 규칙적으로 수직 운동하던 우주의 먼지들이 어느 날 우연히 충돌해서 이 세상에 온 것처럼, 불운도 행운도 우연히 마주쳐 결합하고, 우연히 분리되어 떠난다고.

시제가 바뀔 때

 칠흑 같은 교실 여기저기서 외마디 소리가 두 개의 언어로 새어 나왔다. 오 마이, 뭐야. 꺅. 웁스, 블랙아웃이다. 전력 공급률이 낮은 필리핀에서 정전은 흔한 일이었다. 끊긴 전기는 대개 5분여를 전후로 다시 들어오지만, 반나절 이상 암흑으로 이어지는 경우도 더러 있었다. 정전이 되면 학생, 튜터 할 것 없이 다들 왠지 신이 났다. 의자와 탁자를 밖으로 들고 나가 일대일 수업을 이어가는 서너 그룹은 어학원에 들어온 지 얼마 되지 않은 신입생들이다. 그들을 제외한 대다수는 1층 바깥의 낡은 소파나 길가에 앉아 담당 튜터와 잡다한 얘기를 하며 수업 시간을 때웠다.

마침 어학원 앞을 지나가던 행상이 휘와 페가 앉은 쪽으로 다가오더니 자신의 팔에 매달린 바구니에서 사과를 꺼내 보였다. 휘는 얼굴을 내밀어 바구니 안을 들여다보았다. 튀긴 바나나와 고구마를 흑설탕으로 버무린 바나나큐와 카모테큐, 동그란 쌀떡 푸토, 돼지고기 닭고기 각종 채소를 소로 넣어 튀겨 낸 길쭉이 만두 룸삐앙 같은 간식거리가 가득했다. 바구니 주변으로 학생과 튜터가 하나둘 모여들었다. 비코를 집어 든 레라가 바나나 잎을 벗기자 코코넛 밀크와 흑설탕을 넣어 쪄 낸 캐러멜 색의 네모난 약밥이 모습을 드러냈다. 페는 간식을 고르다 말고 행상과 따갈로그어로 얘기를 주고받으며 연신 웃어 댔다.

"페, 무슨 말 하는 거야?"

"응, 사과가 유독 빨개서 혹시 독 사과 아니냐고 농담했어."

"흠, 사과 별로 안 좋아하는데 이건 진짜 그림 같이 생겼다."

"그치, 독 사과 같지. 이렇게 탐나게 생긴 것들이 인간의 욕망을 깨우고 위기와 모험의 세계로 이끌잖아. 행상 아줌마가 나보고 아시아판 백설 공주가 되고 싶냐고 물어보네, 하하. 난 뭐 피부색부터 백설 공주 계는 아니잖아. 안 그래?"

"그래, 마녀 쪽이지."

레라가 키드득 웃으며 한마디 던지고 자리로 돌아갔다.

"레라, 아 진좌아, ……그러고 보니 난 욕망과도 거리가 먼 편이라 살면서 큰 위기도 없었던 거 같아. 감사한 일이야. 이런 삶이 편하기는 한데 가끔은 무료해. 아무 것도 하지 않으면 아무 일도 일어나지 않는 법이니까. 이렇게 다른 나라에 와서 살기도 하는 휘가 부러워지는 순간이지. 후후."

"으음, 페, 그럼 이 사과 한 입 베어 먹어 봐. 독 사과니까 쓰러질 거야. 하지만 신뢰할 수 있는 친구의 도움으로 위기를 극복해. 이를테면 나 같은, 하하, 그리고 왕자를 찾아 다른 나라로 떠나는 거지. 흠, 어디부터 갈까. 스페인, 영국, 덴마크, 인도? 왕자를 기다리지 않는 게 포인트야. 만나도 안 만나도 좋아. 그건 선택이니까. 하지만 만난다면 페처럼 성실하고 정직하고 배려심 있는 사람이면 좋겠어. 어쨌거나 결말은 정의로운 여왕 페의 탄생이야. 어때?"

"아 진좌아, 세계 여행 잘했어. 그렇지만 휘, 내가 두 아이의 엄마라는 걸 잊지 마."

"헐, 상상 동화 속에서도 일탈하지 않는 우리 페, 아 진좌아, 페, 페, 페페페!"

휘가 놀리자 페는 자신도 인정한다는 듯 한바탕 웃어 댔다.

행상의 바구니에서 카모테큐를 골라 한입 크게 베어 먹은 휘는 문법 교재에 끼워 두었던 종이 몇 장을 꺼내 페에게 보여 주었다.

한국에 있는 조카들에게서 온 이메일을 모아, 영어로 작문한 후 프린트해 둔 것이다. 페가 바나나큐를 먹으면서 영문 편지를 확인하는 동안 휘도 메일을 다시 읽어 내려갔다.

고모 알루, 고모 근데 지금 어디야?
난 은은이 때문에 미칠 거 같아.
어제도 내 계란 후라이에다 침 묻혀서 바꿨는데
바꾼 거에 또 침 묻혀서 다시 해 먹었어.
그래서 나한테 좀 맞았어.
완전 짜증 나.
고모가 내 입장이면 고모도 짜증 나겠지?
고모 그리고 생일 축하해.

고모 나한테 현중 군이라고 부르지 마! 부담스럽단 말이야. 그나저나 은은이가 왜 계란 후라이 노른자에 침을 묻히는지 알아냈어. 이유는…… 두두두두두두두두두두두두. 바로 어디가 덜 익었는지 알아내기 위해서야. 그래도 드럽잖아.
할머니는 잘 계셔. 그리고 어제 자전거 고치러 갔

는데 번호를 까먹어서 자물쇠를 잘라 버렸어. 그리고 은은이도 자전거가 생겼어. 오늘 자전거 자물쇠 사러 갈 거야.
고모 이제 은은이도 편지를 보낼 거야. 고모 빨리 와! 사진도 많이 보내 줘!

안녕? 고모? 나 은은이야!!! 고모. 근데 필리핀에서 뭐 해? 거기 재미있어? 재미있으면 나도 데려가 주지…… 메일 보면 연락해!! 알았지? 아 맞다. 필리핀 사진도 같이 보내 주고!!!

안녕? 고모? 나 은은이야!!! 지금 뭐 하고 있어? 내가 또 움직이는 캐릭터 보여 줄게. 잘 봐 봐.(호랑이 캐릭터가 어슬렁어슬렁 걷다가 꽃을 보고 깜짝 놀라는 반복 영상이 첨부됨) 그리고 이 캐릭터들 시는 기 이니고 모으는 기야. 안녕.

안녕? 고모? 오늘은 편지지 기능을 사용해 봤어. 내가 편지지 쓰는 법이랑 글자 색깔 바꾸는 거 알려 줬었나? 미안, 요즘 건망증이 있는 거 같아. 내가 안경을 쓰고서도 안경을 찾고 리모컨을 들고 있으면서도 리모컨을 찾는다! 그런데 이 편지지는 사는 게 아니고 모으는 거야. 안녕.

안녕? 고모? 오늘은 진진이가 고모한테 메일 보내고 싶대!!!
안녕? 고모? 나 진진이야! 고모 어디 있어? 고모 열심히 공부하고 있어? 고모, 사랑해!!!
였테까지 진진이가 말하는 대로 내가 받아 쓴 거야!!!

오늘 비가 올 줄 알고 우산 가지고 갔는데 비가 안 왔어. 고모가 있는 필리핀은 비가 왔어?
고모 우리는 지금 시간이 8시 30분이니까 필리핀 시간은 7시 30분이겠지? 지금도 아빠가 우리를 고모가 많이많이 사랑한다고 하니까 진진이가 무슨 말인지도 모르면서 막 덩달아서 고모가 우리를 사랑해서 고기도 사 주고 장난감도 사 준

다고 엄청 시끄럽게 쫑알거려.

내가 고모 대신해서 할머니 안마해 드리니까 걱정하지 말고 빨리빨리 와. 우리 모두 고모를 그리워하고 있어. 그리고 절대 안전!!! 아 맞다. 사진은 잘 봤어. 답장 보내. 꼭꼭꼭.

현중이 첨부해 온 진진의 코 파는 사진을 본 페는 자기 딸 엠제이도 틈만 나면 이런다면서 깔깔댔다.

"아, 진쫘아. 유어 스위트하트즈 아 쏘 큐트! 아이 미스 뎀."

바나나큐를 먹던 페의 손에 이번엔 펜이 들렸다. 그녀는 휘가 옮긴 영어 문장 몇 군데에 구불구불 밑줄을 긋고 순서를 바꾸고 시제를 수정했다. 과거형 동사를 과거 완료나 현재형으로 바꾸는 페의 손 글씨를 유심히 지켜보는 휘의 눈가로 찡한 그리움이 새어 나왔다.

자가발진기를 가동해도 전기가 들어오지 않자 엘은 여기저기 흩어져 있는 튜터와 학생들 사이를 왔다 갔다 하며 자초지종을 설명했다. 전력 회사가 전화를 받지 않는 것으로 보아, 늦은 오후에나 전기가 정상적으로 공급될 것 같다, 발전기 수리공은 점심 식사

후에나 도착한다는 전언이고 별 무리 없이 수리가 끝나면 5교시부터는 임시 전기가 가동될 거라는 내용이었다. 휘의 영어 귀도 오래전에 트여서, 이제 엘과 튜터들의 빠른 영어 대화는 물론이고 〈노팅힐〉, 〈미 비포 유〉 같은 외화도 자막 없이 꽤나 수월하게 들렸다.

분주한 엘을 지켜보던 페가 길 건너 사리사리$^{sari-sari}$ 가게에 다녀오겠다며 자리에서 일어났다. 곧 돌아온 그녀의 손에는 출렁이는 깔라만시 주스와 콜라 색깔이 고스란히 드러난 비닐봉지가 들렸다. 휘의 입꼬리가 올라갔다. 병에 든 음료를 즉석에서 투명한 비닐에 담은 뒤, 빨대를 꽂아 파는 필리핀 노점 스타일은 언제 봐도 신박했다. 공병 재활용을 위해 팔 때부터 미리 병을 회수하고 소비자에게는 2페소^{peso}를 깎아 주는 시스템이다.

어학원을 돌며 정전 상황 설명을 마친 엘이 휘와 페가 앉아 있는 소파로 와 자리에 털썩 주저앉았다. 이미 하루 치 여름의 열기를 다 빨아들인 듯 그의 흰색 셔츠가 흠뻑 젖었다. 페는 기포가 송골송골 맺힌 차가운 비닐봉지를 엘에게 건넸다. 기진맥진했던 얼굴에 콜라 미소가 번졌다. 고맙다는 인사와 거의 동시에 엘은 비닐봉지 콜라를 길게 쭉 빨아 마셨다. 빨대가 몇 번 팽팽하게 부풀고 비닐이 홀쭉해지자 엘의 얼굴에 생기가 돌아왔다.

"크아, 역시 콜라야, 정신 건강에는 겁나 좋다니까."

한결 느긋해진 엘은 주머니에서 50페소짜리 지폐를 꺼내 페에게 건넸다.

"아, 진쫘아."

페가 손사래를 쳤다.

"댓츠 오케이! 엘, 너무 진 빼지 마. 언제 얼마나 정전이 될지 누가 알아. 우리 인생이 어느 때고 블랙아웃될 수 있는 것처럼. 어둠 속에서도 일상은 불편한 대로 돌아가고 빛은 다시 들어온다고. 반드시."

페를 가운데 두고 잠자코 그녀의 말을 듣고 있던 휘와 엘이 잠시 서로를 쳐다보더니 시선을 페에게 돌리며 외쳤다.

"아 진쫘아, 페, 페, 페페페!"

고백

"휘, 고백할 게 있어."

"알아."

"뭘."

"사랑하는 거."

엘은 하하 웃으며 손바닥으로 휘의 앞머리를 헝클어뜨렸다. 비를 동반한 스콜이 한바탕 쓸고 지나간 일요일 오후의 거리는 한산했다. 고백한다던 엘은 소파 옆에 세워져 있던 장내 빗사두를 들고 어학원 앞마당으로 성큼성큼 걸어 나갔다. 두 사람이 앉아 있던 일층의 슬래브 지붕 밑으로 들이쳤던 빗발이, 입구는 물론 차도와 접한 흙바닥에도 군데군데 물웅덩이를 만든 참이었다.

휘는 빗물을 걷어내고 땅을 고르게 만드는 엘의 옆모습을 바라봤다. 비질이 뭐라고 저토록 집중하는 눈, 꾹 다문 야무진 입술, 품위 있는 어깨 각도, 그러고 보니 말갛던 엘의 얼굴은 언제부터 동남아색이 되어 있었을까. 엘의 구릿빛 피부에서 중학생 때 밤새 읽던 문고판 할리퀸북스의 남자 주인공이 연상된 휘는, 자신도 모르게 후후 옅은 웃음소리를 내며 중얼거렸다. 삶은…… 사랑.

누군가를 사랑하는 마음은 이렇게 알아채는 것이리라. 궁금해서 자꾸 쳐다보게 되면, 그 사람을 떠올리며 아무 데서나 멍청이 웃음을 흘리면, 다가가서 자꾸 만지고 싶으면, 그래서 오래오래 같이 살고 싶으면.

"나 있잖아, 소설을 쓰기 시작했어. 영문 소설."

빗자루를 외벽에 세우고 휘의 옆에 앉은 엘이 말을 꺼냈다.

"소설? 와아, 소설이라고……. 원고를 영어로 쓰는 거야?"

손에 연필이라도 쥐고 있는 듯이 휘는 허공에 정체 모를 영어 단어를 쓰며 물었다. 엘이 부끄러운 듯 고개를 끄덕였다. 뜻밖의 고백이었다. 잘 됐다고 해야 할지 잘 어울린다고 해야 할지 휘는 적절한 동사를 찾지 못했지만, 엘의 새로운 시작을 알리는 기쁜 소식인 건 분명했다.

휘도 고백할 것이 있었다. 한국으로 돌아갈 때가 된 것 같다고.

석 달을 계획하고 왔던 필리핀에서 어느덧 세 번째 우기가 시작되고 있었다. 스스로 고립되기 위해 떠나온 섬나라였지만, 엉뚱하게 흐른 인간관계는, 혼자 지내는 시간과 함께하는 시간의 적절한 균형을 찾게 해 주었다. 사려 깊은 절친이자 연인인 엘, 스스럼 없이 곁을 내어 준 어학원 아이들, 다정한 필리핀 튜터들 덕분이었다. 그런데 엘이 자신이 집필할 소설 줄거리를 설명하면서 민다나오섬Mindanao Island의 테러와 반군, 난민, 기후, 평행우주 같은 단어를 유성처럼 쏟아내자, 휘는 하늘이 가려진 열대우림을 끝없이 혼자 걷는 쓸쓸하고 먹먹한 기분에 빠져들었다. 서울은 그동안 어떻게 변했을지, 돌아가면 무슨 일을 하며 먹고살아야 할지, 출판 일은 다시 할 수 있을지, 자신이 없었다.

파랗던 하늘에 먹구름이 몰려들고 거리가 순식간에 어두워졌다. 비가 또 지나갈 모양이다. 뭉실뭉실한 구름이 외곽선을 변주하며 빠르게 이동했다. 구름 조각들이 자음과 모음 꼴을 닮았다.

"엘, 여름비에 어울리는 서체는 어떤 이미지일까?"

하늘에 시선을 고정한 채 휘가 물었다.

"글쎄, 여름비라……. Clear, 선명하고…… Bold, 담대하고…… 음…… 폭풍, 포용, 기다림, 우연…… 비긴 어게인, 이런 낱말과 어울리면 좋겠는데."

휘는 고개를 돌려 엘을 바라봤다. 그런 사람이라면 이미 잘 알고 있었다. 지금 휘를 향해 웃고 있다. 두 사람의 눈길이 기쁘게 포개졌다. 휘의 검은 동공으로 여름비의 텍스트가 투두둑 쏟아져 내리며 그녀가 다시 꿈꾸기를 재촉했다.

여름의 시작은 비

"언니, 언니, 플린더스 스트리트 기차역^{Flinders Street Railway Station} 맞은편 세인트 폴 대성당^{St. Paul's Cathedral}에서 봐."

공항으로 마중 나오기로 했던 레라는 간호대 수업 시간이 겹쳐서 늦어질 거라며 메시지에 멜버른^{Melbourne} 시내 약도를 첨부했다.

휘는 멜버른에서 일주일쯤 경유해 그녀와 시간을 보낸 후 서울로 돌아갈 예정이다.

"십미터랑 같이 오는 거지?"

"아니, 혼자야."

"드디어 싸웠구나. 축하해."

휘는 싸운다는 단어가 무척 낯설다는 사실을 새삼 깨달았다. 늘 먼저 물러서고 다가오는 박자감을 가진 엘과는 애초부터 싸움이 되지 않았다.

"휘, 언제까지 우리가 같이 걷게 될까."

바콜로드의 사탕수수밭이었다. 휘는 얼결에 태양을 정면으로 바라봤고 강렬한 빛이 눈부셔 질끈 눈을 감았다. 끝을 생각하면 여전히 겁이 났고 슬펐다. 엘도 몇 번쯤은 이 시절의 끝을 상상해 봤을 것이다.

"어느 한쪽이 원하지 않을 때까지."

속마음과 다르게 휘의 대답은 냉정하고 단호했다. 이별도 사랑을 시작할 때처럼 존중받아야 옳다.

엘은 팔을 쭉 뻗더니 허리까지 올라온 사탕수수 잎들을 천천히 앞뒤로 쓸었다. 풀색을 따라 작은 바람이 일었다.

"……."
"……."
"어, 비 온다!"

스무 걸음쯤 걸었을까. 이파리를 내젓던 휘와 엘의 손등으로, 눈과 코로, 빗물이 아무렇게나 쏟아졌고 두 사람은 동시에 간지러운 웃음을 터뜨렸다. 가늘고 여린 수수 잎을 휘저으며 너울너울 뛰어가는 휘와 엘의 양쪽으로 빗방울이 청포도 알처럼 튀어 올랐다.

투두둑.

휘의 트렁크로 빗방울이 떨어졌다. 작은 물방울로 흩어진 빗물이 오목하게 팬인 트렁크의 세로선을 따라 소리 없이 미끄러져 갔다. 그녀는 우산을 꺼내려다 그만두었다. 이 정도 비는 맞아도 좋았다. 비가 자주 내리는 도시라 그런지, 멜버른 거리에도 우산을 쓴 사람이 별로 없다. 앞서 걷던 금발 머리 여자가 감색 후드를 머리에 툭 쓰고 걸음을 재촉할 뿐, 뛰는 사람도 없다. 세상이 태초부터 비를 배경으로 탄생했다는 듯이 사람들은 수직의 비를 무심히 맞으며 걸었다.

머리에 떨어지는 빗방울이 얼음처럼 차갑고 시원하다. 필리핀을 떠난 지 하루밖에 안 됐는데 휘는 엘의 여름비 같은 얼굴이 벌써 보고 싶어졌다.

비가 온다.

Reference
『VERONIKA DECIDES TO DIE』, Paulo Coelho, HarperTorch

여름비의 서체

지 은 이	김씨씨
펴 낸 날	초판 1쇄 2022년 9월 14일
펴 낸 이	김용주
편 집	박새미
펴 낸 곳	비온다
	충북 제천시 수산면 수곡리 1174 자크르마을 4호
출판등록	2020년 2월 11일 제 2020-000017
이 메 일	bionda.publishing@gmail.com
ISBN	979-11-979545-1-1

* 이 책의 저작권은 지은이와 출판사 비온다에 있습니다.
  내용의 전부 또는 일부를 이용하려면 양쪽 저작권자의 서면 동의를 받아야 합니다.